ÉPITRE

A ARNAL.

ÉPITRE

EN VERS

A ARNAL

PAR

UN EX-SOCIÉTAIRE DU THÉATRE-FRANÇAIS.

PARIS,

TYPOGRAPHIE LACRAMPE ET CIE,

RUE DAMIETTE, 2.

—

1846

ÉPITRE

EN VERS

A ARNAL

PAR

UN EX-SOCIÉTAIRE

du Théâtre-Français.

PARIS

TYPOGRAPHIE LACRAMPE ET Cie

RUE DAMIETTE, 2.

1846

AU LECTEUR.

N'êtes-vous point de mon avis? je trouve qu'un bon acteur comique vaut encore mieux qu'un bon médecin; car ce dernier peut se tromper, et les erreurs, en pareil cas, sont toujours funestes. Il n'en est point ainsi du premier; le rire qu'il vous procure ne peut manquer d'être salutaire : tout le monde connaît l'aventure de *Carlin*. Ce fameux arlequin, frappé d'une maladie de langueur, fut consulter un célèbre médecin de son temps : « Allez à la comédie italienne, lui dit le sage « docteur, allez-y chaque fois que jouera *Carlin*, il vous « fera rire, et c'est le meilleur remède qu'on puisse « vous administrer. »

Ne peut-on en conclure qu'en certaines occurences

les bons acteurs comiques font plus pour la santé publique que toute la faculté réunie?.... Si j'étais roi, prince, ou chambre législative (ce qui est aujourd'hui la même chose), j'accorderais *des primes d'encouragement* à ceux de nos comédiens qui réussiraient le mieux en ce genre; mais, n'étant rien, je ne puis rien; je me borne donc à leur payer ce modeste tribut de ma reconnaissance, et, comme dit la chanson : « *Si ça ne leur fait pas de bien, ça ne peut pas leur faire* « *de mal.* »

ÉPITRE

EN VERS

A ARNAL.

Avril 1846.

VOLANGE et sa lanterne égaya ma jeunesse,
BEAULIEU vint après lui, mais prit un autre ton (1) :
Laissant là de *Jeannot* le jargon sans finesse,
Il plut également, mais d'une autre façon :
Variant à son gré sa grotesque figure,
A chaque nouveau rôle il appliqua son sel ;
Il nous montra *Ricco*, postillon sans monture,
Et se multiplia dans son *Cadet-Roussel*.

Baptiste le cadet vint faire les délices
D'un genre que peut-être il aurait dû garder;
Sur un plus haut théâtre, il fut se hasarder
A s'entendre nommer *le père des Jocrisses* (2) :
Une actrice célèbre (3), avec un air altier,
Croyant apparemment le jeter en arrière,
Le mettant au-dessous de *Laurent*, le portier,
Ne l'appelait jamais que *Monsieur de Danière :*
D'un côté de la toile étaient les mécontents ;
Mais le public, libre dans son suffrage,
Applaudissait à ses talents,
L'appréciait chaque jour davantage:
La fierté vint après, avec des airs bénins,
En le félicitant lui serrer les deux mains (4).
Enfin, avec le temps, *ce père des Jocrisses,*
Sut dérider le front de deux impératrices (5);
Sa fortune en ce jour prit un nouvel essor,
On le voyait souvent, on le voulait encor.
Sans leur acteur, ni spectacle ni fête :
Il se montra bientôt digne de sa conquête :
Dans sa propre nature il puisa ses effets,
Son air contraint, ses longs bras, ses grands traits ;

C'était un franc benêt des pieds jusqu'à la tête;
Enfin, jusqu'à ses mains, chez lui tout était bête.
Désiré chez les grands, recherché par la cour,
Le public exigeant ne cédait point son tour;
Même en lisant son nom sur l'affiche du jour,
Chacun en riait à l'avance :
Convive aimable, on briguait sa présence;
Point de repas, point de gaîté sans lui;
On s'amusait alors; on calcule aujourd'hui.

Notre Palais-Royal, rappelant la féerie,
Réunissait alors les jeux et la folie;
L'odalisque effrontée, au costume de bal,
Ajoutait tout l'éclat du luxe oriental,
Se mettant au-dessus des lois de la décence.
Quand le plaisir était son dieu,
Elle était maîtresse en ce lieu,
Et joignait ses attraits à sa magnificence.
Ce fut là que BRUNET (6), jusqu'alors inconnu,
Vint nous montrer son visage ingénu :
Dès son début il sut nous satisfaire,

Aucun travail ne lui restait à faire;
Sans rien changer en lui, pour nous plaire, il n'avait
Qu'à se montrer tel qu'il était :
Le rire le suivit dans toute sa carrière,
Son long succès devint universel,
Ainsi que le mérite un talent naturel.

Afin d'y passer ma revue,
Dans le plus populeux quartier,
Je m'arrête en *un Coin de rue*
Où circule plus d'un métier :
J'y vois *Fanfan le bâtonniste*,
De *Cri-cri* je vois *le Brasseur*,
Et puis *Jérôme* le *porteur*,
Lui, qui jamais au *Canon* ne résiste ;
Des *Débardeurs* je vois l'amour,
Et *le Chaudronnier de Saint-Flour*,
Un *Savetier*, chaud comme braise,
Un *Vieux portier*, un *Rempailleur de chaise,*
De nos *Forts-forts* voici le plus malin...;
Arrêtons-nous !... c'est TIERCELIN (7).

Talent aussi franc que modeste,
Nos regrets t'ont suivi, notre estime te reste;
Oui!... TIERCELIN!... qui trop tôt nous as fui!
Honneur à toi, peintre fidèle,
Souvent plus vrai que ton modèle,
Et, de beaucoup, plus gai que lui. —
Mais qui vient maintenant disputer la couronne?
Ah! celui-là n'est point gaillard!
Voyez comme il est long, efflanqué, nasillard!...
Pauvre garçon!... qu'on lui pardonne;
Il le faut soutenir pour l'aider à marcher,
Car dès le premier pas il pourrait trébucher:
Ah! laissez-le plutôt libre dans son allure,
Sa force est dans son cœur, sa gaîté, son esprit;
Toujours guidé par la nature,
Tout ce qu'il peint, il l'enrichit.
Depuis *Pinçon* jusqu'à son *Centenaire*,
Du *Ci-devant jeune homme* au vieux *père sournois*,
Du *Solliciteur* aux abois,
Aux tribulations du *Bénéficiaire*,
La marche était pénible, et longue la carrière...;
Eh! qui donc vint l'aider? qui vint à son secours?

Pour peindre ainsi chaque manie,
A quel soutien eut-il recours?
Il le trouva dans son génie.

Chacun à ce tableau reconnaîtra POTIER... (8) ;
Mais ma tâche n'est point finie ...
Halte-là!... sur sa tombe... une larme... un laurier.

Naïf enfant de la nature,
VERNET (9) nous enchanta longtemps.
Ah! que n'est-il encore en son printemps,
Étalant de *Jean-Jean* la bouffonne figure!...
Dans plus d'un rôle il se montra parfait,
Sa carrière fut éclatante ;
Cagnard, entre ses mains, produisit tant d'effet,
Que la pensée encore en est divertissante ;
Avant de nous quitter, il laissa son cachet
Au *Père de la Débutante.*

Le sérieux, chez nous, marche d'un pas bien lent ;
Mais la gaîté n'est point en décadence ;

Perlet ne montra son talent
Que pour faire, au bon goût, regretter son absence (10).

Samson, cité déjà parmi nos bons auteurs,
Nous enrichit souvent de plus d'un bon élève.
Son jeu fin et correct n'est point pour les claqueurs ;
Ne s'appliquant jamais qu'à plaire aux connaisseurs,
Sans regarder si l'envieux en crève,
Comme auteur, comme acteur, chaque jour il s'élève.
Si, dans mon cadre étonné de se voir,
Il repoussait mon encensoir,
Je lui dirais : « Ingrat!... tu mérites ta peine ;
« Souviens-toi de ce jour où, quittant notre scène,
« Tu nous laissas dans l'abandon.
« Ingrat!... te souvient-il du *Curé de Meudon?*
« Tu m'appartiens; accepte mon hommage :
« Au fait, est-il si grand dommage?...
« Loin de moi le désir de te désobliger;
« Je vais te prendre où tu fus te loger (11). »

Un jour, que je voulais applaudir au mérite
De notre grand acteur Bouffé,

Je prends canne et chapeau, je décampe au plus vite,
Et j'arrive tout essoufflé :
Faire queue, à mon âge, est pourtant assez triste,
Et c'était du plaisir compromettre l'effet ;
Bouffé me voit, me reconnaît ;
Homme de cœur, autant que grand artiste,
De la foule qui m'entourait
Il me tire, m'enlève, et de cet air qui plaît,
Qui captive... il insiste
Pour aller prendre au bureau mon billet.
Tout simple qu'il paraît, ce trait est méritoire ;
Aussi, de sa bonté je garde la mémoire ;
C'était pour un vieillard se montrer généreux ;
Déjà partisan de sa gloire,
De le trouver si bon je me sentais heureux (13).

J'aurais voulu, nouveau Protée,
A ton triomphe ajouter un trophée,
Compter tous tes succès ; mais le puis-je aujourd'hui ?...
Arnal en a parlé... que dirais-je après lui (14) ?

Il fit bien, notre Arnal, de publier ta gloire :
De ce soin, mieux que lui, qui pouvait s'acquitter ?
En consacrant ainsi ton nom à la mémoire,
Le sien aussi saura la mériter :
La fortune longtemps ne lui fut point rebelle;
Quand, cherchant à se faire une route nouvelle,
Contre plus d'un obstacle il avait à lutter ,
Des comiques anciens, la nombreuse famille
N'offrait rien à son choix qui ne fût rebattu ;
Laissant la classe pauvre et cherchant ce qui brille,
Il s'enfonça gaîment dans ce pays perdu.
Promenant son regard sur la scène du monde ,
Où tant de fatuité, tant de sottise abonde ,
La vérité l'aidant de son miroir ,
Il s'empara du *Sot en habit noir*.

On vit alors *le Poltron*, *l'Humoriste ;*
Du fond du Calvados arriva *Renaudin* ;
Puis *le Mari de la Choriste*,
Et *ce Pauvre dormeur*, surpris à l'improviste ,
Contre un mari fâcheux *pestant* jusqu'au matin :

Chaque jour de ce genre étendant le domaine,
De plus d'un ridicule il offrit le portrait;
Dans chacun d'eux il se montra parfait.
Viens rire à tes dépens, pauvre nature humaine!
Viens applaudir l'acteur le plus original;
Il loge au Vaudeville, et son nom est... **Arnal.**

Accourez à ma voix, venez, troupe joyeuse,
Combattre notre gravité;
Venez à notre France, aujourd'hui peu rieuse,
Rendre son antique gaîté!...

Montre-toi, **Levassor**, avec ta chansonnette;
Que **Leménil** embouche la trompette
De *Bobêche et Galimafré*,
Et qu'**Alcide**, tout effaré,
Par la crainte de voir supprimer la bêtise,
Sache qu'on la maintient,
Qu'on s'en amuse, et qu'on la prise,
Quand c'est l'esprit qui la soutient.

Achard, type du prolétaire;
Le bon Numa, notre excellent Bardou,
Et Klein, avare et dur propriétaire;
(Qui bientôt, me dit-on, jouera je ne sais où);
Grassot, toujours rempli de zèle;
Ravel, ferme sur son terrain;
Sylvestre, au Gymnase fidèle;
Bernard-Léon (15), le boute-en-train;
Odry, dit Bilboquet, et le rieur Sainville;
Henri Monnier, n'osant se faire acteur;
Avec plaisir nommons aussi Neuville (16),
De chacun d'eux habile imitateur;
L'ingénieux Amant, le comique Leclère,
Lepeintre jeune avec son frère ainé;
Continuez à rire et soyez sûrs de plaire :
Malgré le sot embéguiné,
Malgré Martin prêchant en chaire,
Jamais l'esprit chez nous ne sera détrôné.

NOTES.

(1) BEAULIEU vint après lui, mais prit un autre ton.

BEAULIEU (Jean-Francois BRÉMONT, dit) entra fort jeune au théâtre, et eut beaucoup de succès dans les rôles de *niais*. Il chercha à se faire remarquer pendant l'orage révolutionnaire, prit une part très-active à l'attaque de la Bastille, en 1789, et fut, à la suite de cet événement, nommé capitaine de la garde nationale. Il parcourut ensuite la province comme acteur, et disparut entièrement de l'horizon jusqu'en 1802 : ce fut en cette année qu'il s'avisa de jouer (au théâtre de la Cité) le rôle de *Mahomet* dans la tragédie de Voltaire ; le public ne laissa point finir la pièce : on donnait en second *Ricco;* il fut criblé d'applaudissements en reparaissant dans ce rôle. Mais le coup était porté ; le chagrin qu'il en ressentit causa sa mort ; peu de temps après, il mit lui-même fin à ses jours. Il est cependant plus raisonnable de croire qu'un dérangement dans ses affaires, ou quelques chagrins domestiques, le portèrent à cet acte de désespoir.

(2) . . . . . . Le père des Jocrisses.

Ce fut BAPTISTE CADET qui joua *le Désespoir de Jocrisse*, représenté, pour la première fois, dans le courant de 1790, ou au commencement de 1791, au théâtre de la *Montansier*, maintenant celui du Palais-Royal. Tout Paris courut l'y voir, ainsi que dans *le Sourd ou l'Auberge pleine.* Cette dernière pièce obtint un succès de vogue. Ceux qui ont vu Baptiste dans le rôle de *Danières* ne l'oublieront jamais.

(3) Une actrice célèbre. . . . . . .

Mademoiselle Contat sentait peut-être trop vivement la dignité de son théâtre ; mais qui plus qu'elle avait acquis le droit d'en être glorieuse ?

(4) En le félicitant lui serrer les deux mains.

Les comédiens français qui avaient été incarcérés, comme *aristocrates*, regardaient de très-haut ceux de leurs camarades qui avaient marché avec la révolution. « Eh !... mes amis !... mettez du rouge ; pour le cas que font de vous nos gouvernements, c'est bien la peine que vous vous en mêliez !... »

(5) Sut dérider le front de deux impératrices.

L'impératrice Joséphine s'amusait beaucoup aux représentations de Baptiste ; mais ce fut bien autre chose sous Marie-Louise. Cette princesse ne pouvait comprimer ses éclats de rire ; et, lorsque le premier chambellan lui annonçait, pour le soir, un spectacle à la cour, elle ne manquait jamais de demander : « *Chouera-t-il*, ce grand mon-« sieur *chi trôle ?* »

(6) Ce fut là que Brunet, jusqu'alors inconnu.

Brunet (Jean-Joseph Mira, dit) naquit en 1766 ; il avait joué avec succès en province, et notamment à Rouen, avant de venir dans la capitale pour faire partie, en 1795, de la troupe dirigée par la *Montansier*. Son physique, sa tournure, sa démarche, convenaient parfaitement au genre de rôles qu'il avait adopté, et dans lequel il a obtenu une vogue qui s'est soutenue pendant toute la durée de sa carrière dramatique. BRUNET, retiré du théâtre, habite aujourd'hui Fontainebleau.

(7) Arrêtons-nous!... c'est TIERCELIN.

Cet excellent comédien, que l'on peut, avec justice, appeler le CHARLET *de la scène,* est mort à Paris le 14 février 1837. Il avait quitté le théâtre depuis plusieurs années.

(8) Chacun à ce tableau reconnaîtra POTIER...

POTIER, enfant de Paris, né la même année que moi (1775), commença aussi sa carrière à la même époque et sur la même scène; il était mon ami et mon plus ancien camarade. Nous jouions ensemble et comme *amateurs* sur un petit théâtre, dont on fit depuis un *Salon de figures,* et qui s'appelait alors *les Délassements comiques.* Un jour que je faisais le petit LARIVE dans le rôle de *Spartacus*, Potier, chargé de celui d'*Albin*, y excita une telle hilarité dès sa première apparition, surtout lorsqu'il me présenta le poignard d'*Ermengarde*, que nous vîmes le moment où la pièce se bornerait au premier acte. Rentré dans la coulisse, il s'en arrachait les cheveux de désespoir; un *vieux fripier,* qui nous louait fort cher de vieilles guenilles qu'il appelait *ses costumes*, s'avisa de lui dire : « Va, mon pauvre garçon, tu « ne réussiras jamais à la scène.... à moins que tu ne joues les *niais.* « — Je vous en souhaite, répondit Mons Potier avec fierté, des niais « de ma tournure! Apprenez que je suis taillé pour les *jeunes pre-* « *miers,* et que je ne jouerai jamais autre chose. » Cependant, quelques jours après, il joua le rôle de *Pylade,* dans les *Rêveries renouvelées des Grecs* (parodie d'*Iphigénie en Tauride*), et un succès de *fou-rire* vint le consoler de sa disgrâce précédente. C'est, je crois, ce qui décida sa vocation.

Il partit peu de temps après pour la province, et ne revint à Paris qu'au mois d'avril 1809 : il sortait alors de Bordeaux, où il était fort aimé, et il débuta aux *Variétés*, le 8 mai de cette même année, par le rôle de ***Maître André***, dans lequel Brunet excellait. Le public, peu indulgent pour ceux qu'il ne connaît pas, lui fit un accueil peu encourageant; mais Potier, qui sentait sa force, eut le bon esprit de ne pas s'en affecter ; et bien lui en prit, pour lui-même et pour les plaisirs du public ; car, plus tard, toutes ses créations furent des chefs-d'œuvre.

Ce grand acteur s'était, dans les dernières années de sa vie, retiré à Fontenay-sous-Bois, où il est mort le 19 mai 1838, dans sa soixante-quatrième année.

(9) VERNET nous enchanta longtemps.

VERNET, après avoir fait ses premières armes sur le théâtre d'enfants situé dans l'ancien enclos des Capucines, et que dirigeait un sieur *Hurpy*, entra aux *Variétés* vers 1808 ou 1809, pour y remplir les petits rôles d'amoureux. Il ne tarda point à s'y faire remarquer par son naturel ; mais son grand talent ne s'est révélé que lorsqu'il entreprit de jouer les comiques.

(10) PERLET ne montra son talent.

PERLET (Adrien), né à Marseille vers 1795, était encore peu connu lorsqu'il parut sur la nouvelle scène du Gymnase (1820 et 1821). Il s'y montra comédien spirituel et original ; pour signaler les succès qu'il y obtint, il faudrait citer tous les rôles qu'il y établit. Sans que la cause en fût connue, il quitta le Gymnase au bout d'une année.

A partir de cette époque, sauf quelques rares apparitions, Perlet fut, pour ainsi dire, perdu pour la scène parisienne. Depuis un assez grand nombre d'années, cet artiste supérieur est tout à fait rentré dans la vie privée.

(11) SAMSON, déjà cité parmi nos bons auteurs.

SAMSON (Joseph-Isidore), né à Paris en 1793, l'un des meilleurs comédiens de la scène française. En le désignant ainsi, je ne suis que l'écho de l'opinion du public. Après deux ou trois années de séjour en province, cet acteur fut appelé à fairé partie de la troupe organisée pour l'*Odéon* réédifié; et, quelques années plus tard, il entra au Théâtre-Français.

La révolution de 1830 ayant porté une rude atteinte à la prospérité de cet établissement littéraire, Samson s'engagea momentanément au petit théâtre du *Palais-Royal*, et y débuta le 21 juin 1831, par le rôle de *Dickson*, dans *le Comte de Saint-Ronan*. Il y établit encore plusieurs rôles avec talent; mais celui qui lui a fait le plus d'honneur, c'est *Rabelais*. A ce titre, Samson devait prendre place dans ma galerie.

Cet artiste n'est pas seulement distingué comme comédien; comme auteur, il ne mérite pas moins d'éloges : le Théâtre-Français, notamment, lui doit plusieurs comédies qui sont restées au répertoire : *la Belle-Mère et le Gendre*, *un Veuvage*, et récemment *la Famille Poisson*, ouvrage remarquable par une versification facile et spirituelle, un dialogue vif, naturel et comique, et par un rôle original.

On lui doit, de plus, plusieurs élèves, parmi lesquels on peut citer mademoiselle PLESSY, et notre admirable RACHEL.

(12) De notre grand acteur BOUFFÉ.

Pour ce qui concerne cet artiste éminent, je renvoie mon lecteur à la charmante *Èpître à Bouffé* que M. Arnal fit imprimer en 1840 ; on y trouvera en même temps quelques notes biographiques sur son auteur.

(13) Contre un mari fâcheux pestant jusqu'au matin.

Allusion à la jolie petite pièce ayant pour titre : *Passé minuit,* en un acte et en prose, par M. *Lockroy*.

(14) Bernard-Léon, le boute-en-train.

Bernard-Léon (Jean-Pierre Bernard, dit) est un de ces acteurs dont le nom placé sur une affiche doit toujours attirer le public envieux d'applaudir une gaieté franche et communicative. Bernard-Léon est né à Paris : à son talent de comédien il joint celui d'avoir composé quelques pièces de théâtre et un roman intitulé : *l'Enfant des tours Notre-Dame,* en collaboration avec MM *Imbert* et *Fléché*.

(15) . . . . Neuville,
De chacun d'eux habile imitateur.

Ce comédien possède, au plus haut degré, le don de l'imitation : il contrefait à merveille tous les acteurs en vogue de la capitale, et fait si bien qu'en empruntant leur voix, leur prononciation, leur habitude de corps, on croit voir jusqu'à leur physionomie ; enfin l'illusion est complète. Neuville, dont le vrai nom est Félix Dubourg, est auteur de quelques petites pièces de poésie qui ne sont pas sans mérite.

Fin.

www.ingramcontent.com/pod-product-compliance
Ingram Content Group UK Ltd.
Pitfield, Milton Keynes, MK11 3LW, UK
UKHW022152260726
13993UKWH00005B/2326

9 782329 150505